le petit

pompier

Illustrations d'Esphyr Slobodkina

Texte de Margaret Wise Brown

Traduction de Michèle Moreau

Didier Jeunesse

Il était une fois

un grand pompier,

vraiment très grand

et un petit

pompier,

vraiment

très petit.

Ils habitaient l'un à côté
de l'autre, chacun dans
sa caserne de pompiers.

L'un avait un bébé chien,
vraiment très grand.
Un dalmatien noir et
blanc qui courait derrière
le grand camion dès
qu'il y avait un incendie.

L'autre avait un bébé chien, vraiment très petit.
Un dalmatien noir et blanc qui courait derrière
le petit camion dès qu'il y avait un incendie.

Cette nuit-là, les deux pompiers étaient bien endormis dans leur caserne et les deux chiens, bien endormis à côté de leur camion.

**Et soudain:
ding-ding!**
dans la
grande
caserne,
la grosse
cloche de
l'alarme
s'est mise
à sonner!

Et drelin-drelin! dans la

petite caserne, la petite

cloche de l'alarme

s'est mise à sonner.

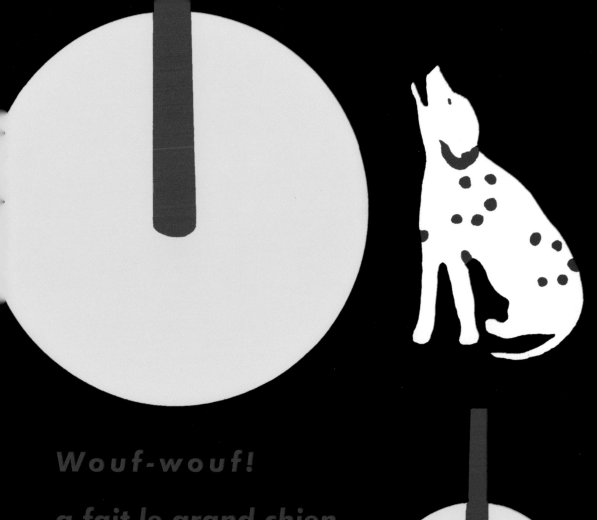

Wouf-wouf!

a fait le grand chien.

Ouah-ouah!

a fait le petit chien.

« Au feu ! Au feu ! Au feu ! »

ont crié tous les gens dans la rue.

Alors le grand pompier est sorti de la grande caserne dans son grand camion, le grand chien à ses trousses.

Et le petit pompier est sorti de la petite caserne dans son petit camion, le petit chien à ses trousses.

Ding-ding! Ding-ding!

Drelin-drelin ! Drelin-drelin !

Ils ont foncé
tout droit...
et puis à
droite. Et
là, ils sont
tombés sur
une très,
très grande
maison qui
était en feu!

Quand le grand pompier a vu ça, il a dit:

« Ouh là ! Ça, c'est un bel incendie ! »

Mais quand le petit pompier a vu ça, il a dit:

« Oh là là ! Cet incendie est bien trop gros pour moi ! »

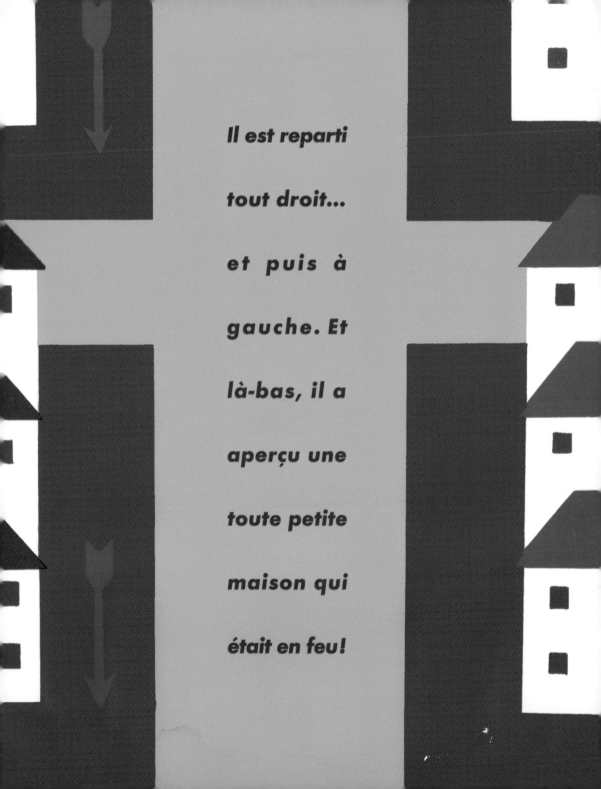

Il est reparti

tout droit...

et puis à

gauche. Et

là-bas, il a

aperçu une

toute petite

maison qui

était en feu!

**Drelin-drelin ! Il a foncé
jusqu'au petit incendie.**

Quinze petites dames étaient aux fenêtres de la petite maison, et elles criaient:
« Au secours! Au secours!»

Et elles ont toutes sauté par la fenêtre pour atterrir dans le petit filet du petit pompier.

Quinze grosses dames étaient
aux fenêtres de la grande maison.

Et elles ont toutes sauté pour atterrir
dans le grand filet du grand pompier.

**Ensuite,
le grand
pompier
a éteint
le gros
incendie.**

*Et puis le petit
pompier a éteint
le petit incendie.*

Les deux pompiers ont bondi dans leur

camion, les deux chiens ont trotté derrière

eux et tous

sont rentrés

à la maison.

Le grand pompier a
mangé une énorme
côte d'agneau et une
énorme glace
à la fraise.
Puis il s'est mis
au lit et il s'est
vite endormi.

Le petit pompier a mangé
une toute petite côtelette
d'agneau et une toute
petite glace à la fraise.
Puis il s'est mis au lit
et il s'est vite endormi.

Et le grand pompier a fait

un tout petit rêve de rien du tout.

Et le petit pompier ?

Lui, il a fait un énorme rêve,

vraiment très énorme !

En 1938, Ethel et William R. Scott,
éditeurs à New York, proposèrent leur premier
catalogue de livres adaptés aux tout-petits.
Quasiment inexistants à cette époque, ces ouvrages
furent imaginés avec l'équipe de la Bank Street
School selon un principe inédit : associer un auteur
ayant une expérience pédagogique à un peintre
n'ayant jamais reçu de commande éditoriale.
Margaret Wise Brown (1910-1952) faisait partie
du Laboratoire des Écrivains de cette école,
Esphyr Slobodkina (1908-2002) était une peintre
abstraite d'origine russe, affiliée au mouvement
moderne. Cette collaboration permettra
la publication du *Petit Pompier*, livre pionnier
à plus d'un titre : premier ouvrage américain
en papiers découpés, alliant modernité
typographique et écriture expérimentale.
Le thème du grand et du petit est exploité ici
avec beaucoup d'intelligence : les deux personnages
ne sont pas dans un rapport d'aîné à cadet,
ou d'adulte à enfant, mais simplement deux
personnes d'égale valeur et ce malgré
la différence de taille.
La pertinence de ce propos, alliée à la simplicité
et à l'audace des formes, ont fait du *Petit Pompier*
un ouvrage paradoxal, à la fois d'avant-garde
et extrêmement populaire.
De plus, cette réédition nous permet de retourner
à l'intensité et à la diversité des couleurs
de la première version du livre, modifiées
dans les éditions d'après-guerre.
Des teintes éclatantes qui redonnent
force et sens à cette histoire.

L. B.